POESIA

-Obdias Araújo

Plantar em suaves contorçõe de sangue
e de esperma o benedicto fruto
em teu corpo.

O esperma espirra e gruda.
O sangue escorre lento y muy caliente.

Colher em haste e flor em cálice e corola
o fructo bendito de teu corpo.

No rosto a dor
e o medo.

No resto o riso
e o peito oferecido

Antever
na mão que empunha
a pena o punho
a balouçar o berço.

Parto perto porto
quarto quieto e o resto
é júbilo de dor
e de alegria!
oOo

ACAUÃ
-Para meu pequeno Tunari Quarta-feira 23/07/2003 14:44.

Meu rosto cansado e triste
o rosto que vês agora
já não é o mesmo rosto
que conhecestes outrora.

O brilho já não existe
no rosto cansado e triste
depois que
fostes embora.
oOo

POEMA DO MÊS DE DESGOSTO

A palavra é conto e canto
o calar é desencanto
a palavra é alegria.

Por isso meu povo canta
que o calar é nostalgia.

A palavra é conto e canto
o silêncio é desencanto
a palavra é alegria.

E se a palavra é alegria
o silêncio é desencanto.

A palavra é conto e canto.
Por isso meu povo canta
que o calar é nostalgia!
oOo

ESCÓLIO
-Para Fernando, o Canto.

Uso uma frase linda
pra falar de você

:Vous avez l'air
comme une poupée.
oOo

TRADUÇÃO LITERAL

Menina de olhares tristes
de pele clara e cabelos
de boneca de marfim

-Por que me olhas assim
tão triste fixamente
Com se eu fosse o espelho
e tu a Fata Morgana?

Por que me olhas menina
de rosto de camafeu?

Há um mistério em teu rosto
um oceano em teus olhos
e teus cabelos escondem
mil segredos mil pensares
e aumentam meus penares
teus olhos fitos em mim
o que esconde menina
este rosto de marfim?
oOo

ELLEN JEMIMA
-Para minha querida sobrinha

Enquanto alinha o gorro
engoma as calças
e dá um polimento
no sapato

Diz que
disse
o anti-herói

Hoje eu escapo.!
Ou Poço do Mato
ou Morro do Sapo.
oOo

BENGALI

Quando eu chegar de mensurar a noite
e displicente deixar a porta aberta
você dirá que eu tome mais cuidado.
Que assim eu deixarei a folha torta
e sua porta não é porta de mercado.

E quando à madrugada no banheiro
o tampo do vaso não for levantado
você reclamará: - fica molhado
e o detergente custa o meu dinheiro!

E quando eu trouxer nas alpercatas
mais da metade da terra do quintal
você explodirá: - isso foi mal!
assim não dá! Assim você me mata!

Mas quando pós-novela eu te abraçar
e nos agasalhar numa conchinha
você ronronará feito gatinha
e nosso amor verá o sol raiar!
oOo

EDUCANDO

As enfermeiras
da Oncológica
têm vida na alma
e lúmen no olhar!

Os enfermeiros da
Clínica Oncológica
têm mãos efeminadas.
sedosas bonitas e cheirosas.

Mãos humanizadas
pelo trato diário
com a mazela que anda
corredores afora.

Os vigilantes daquele lugar
parecem o Incrível Hulk.
Só que feitos de pelúcia.

O Maestro Luiz Eduardo
Werneck de Carvalho
rege isso tudo com seu
estetoscópio-batuta
em cada mão!

Meu Bom Jesus de Lázaro e Tabita!
Tu que enterneces a tempestade
e fazes chorar o vento
protege a Clínica Oncológica
do Brasil!

Ah Jeová Rapha! Protege
os médicos os peritos o corpo
de enfermagem as secretárias
os vigilantes os serventes
e a troupe da lanchonete!

Faze com que
nunca me falte
o cafezinho grátis!

Fecha-lhes o corpo.
Que nunca lhe alcance
a sombra do infortúnio
e o pranto da doença.

E como sei que te sobeja
a graça e o perdão
genuflexo te peço
:Protege a mim
também!
oOo

WERNECKNIANA
-Ou de como vencer o Câncer

Hospital Porto Dias.
Vigésima quinta
sessão de Radioterapia.

Acostumado a comer angu com bem mais caroço
no lanchinho de hoje a mim coube o pão
que o diabo sentou em cima.

Assim que entrei no salão Marion emitiu estranhos
e mecânicos sons irando frenéticos três braços
ao redor de meu único corpo.

Braços em cujas extremidades moram
mãos ameaçadoras cada uma na palma
um olho missor de raios.

Tomando-me no colo Marion protegeu
a minha pubiana região com um lençol

de chumbo e um sibilante mantra
jorrou de sua gárgula boca.

Eliezer e Ray Berravam desconexas ordens
feito porcos baiés Recentemente castrados.

Patrícia Dias - neta dileta do Dr. Porto Dias
chegou a duvidar de minha masculinidade.

Salvou-me a pátria a tecnóloga asteca
Yareth Yoali Ehecalt Meztli Ypiranga que
alisando com longas unhas o dorso trêmulo
de minha esquerda mão convenceu-me
sob relativa facilidade a voltar
no dia seguinte.
oOo

AVALON

Sempre fui herbívoro.
De repente Vejo-me hematófago.

Semana passada Tomei 23 bolsas.

Quando chega À minha medula óssea
este alimento É microprocessado.

As microparticulinhas resultantes
são diluídas amassadas amassadas
e vão para Algum lugar
em caixinhas cinzas

Ao longe o piston wengrill de meu amigo
Feliciano Executa moto perpétuo
de Niccolò Paganini.
oOo

PALAVRAS LEUCÊMICAS

Pequeninos pontos molhados de rio.
É uma cidade. Uma cidade.
Nela vivem pessoas.
Pontos brilhantes molhados de rio.

Pessoas são montadas em série
com parafusos engrenagens desreguladas
salsugem e manganês.

Eu sou Uma pessoa.
Um pequeno ponto
molhado de rio.

Mas sempre levo
minha neoplasia
na coleira a passear
por aí...
oOo

ONCOÓLATRA

Eu queria ser bem rico.
Ter bastante dinheiro iate carros
e bela mansão.

Dormir de tarde ao som da alfaia
em minha casa na beira da praia
avarandada de caramanchão.

Eu queria te me dar neste Natal.
Mas é que as finanças vão tão mal
que nem vou ter dinheiro pro cetim.

Por isso vivo assim
Atarantado..

Por isso vivo assim
todo enrolado
embrulhado de presente
para mim!
oOo

SOMENTE NATAL

Estive pensando
agora que acabou
:-que bom que discordavas
de meus planos!

É que no balanço
de perdas e danos
você se ferrou!
OOo

LEPDÓPTERA

I
Varando a madrugada.
Virando os olhos
catando lembranças

Cuidado!
A busca anda faz você
cair de novo da cadeira!

II
Minha poesia
é o ponto final
da tua ausência.

Tua ausência
é o ponto final
da minha poesia!
oOo

BISAGRAS
Dois poemetos para a mesma queda.

Saudades de ti. Ganas de enxugar
Esta lágrima renitente no lenço
Quente e bom de teus cabelos.

Desejo imenso de
Te tomar no colo
Escapar de Circe
E comer amendoim
Na Estação das Docas.

Sorver o mel de teus lábios
E lamber o mel de teu corpo.

Digitar a senha de sítios
Jamais acessados de teu corpo.

Volver à terra amada
Trazendo contigo
Circe no uterino aconchego
Da posição fetal.
oOo

PAIXÃO

Minha cidade
amanheceu molhada.

Molhadinha. Como sói acontecer com
as caboquinhas da beira do rio
farejando a ubá imensa do caboquinho
vestido em calções de Brim Coringa..

Minha cidade molhada molhadinha
traz-me à lembrança o Tio Alcy
com aquele seu sorriso alcoolado de Nenê
seu velho trapiche com os pés
imersos na lama e m São José
bem na ilharga eternamente
de costas pra cidade.

À tardinha quando o sol e o céu
do Ar Mar Zonas secarem minha cidade
molhadinha tecerei um verso.

E o depositarei a seus pés
solitário Belchior trazendo
em uma das mãos de uma só vez
o ouro o incenso
e a mirra.
oOo

IMERSÃO

Se não existisses em minha vida minha vida
seria insípida feito sushi de diabético.

Se não desfilasses diuturnamente
nos pentagramas de meus pensamentos
meus pensamentos seriam cândidos
e sem graça como são sem graça e cândidos
os pensamentos de m monge tibetano.

Mas toda vez que penso e penso
toda hora em você há um
desmoronamento no Nordeste
m vulcão em erupção no México
a terra treme no japão e Kin Jon-Un
repete a repetida ameaça nuclear.

Que meu amor por ti é assim.
Másculo e nada sutil.

Voluptuoso.
Nadica de casto.
Vibrante e deliciosamente
meloso!
oOo

NADA SUTIL

Sinto a tua proximidade om a gana
de Nosferatus farejando sua presa.

Corro sobre tuas pegadas lupicínio
afogado em peligrosos pelos
de teu dorso.

Dez pras duas.
A blusa de organdi
não constringe.
Realça.

Dez pras duas.
As torres gêmeas gemem
túrgidos convites ao Nirvana.
-Paradisíaco inferno
que era dantes.

E é quando o vento sacode a cabeleira
multifacetada moldura perfeita
para tua boca vermelha
de lascivos sorrisos.
oOo

TEU

Sim amada
minha!

Desnudo-me
em teus braços!

Emudecido e mudo!
Mudo de prazer!

Esta é Circe.
Uma pequenina flor
que amanheceu
lambendo meu rosto.

Chamei-a de Circe
por ser branquinha
feito uma filha do sol.

Ulisses conhece bem
os demais motivos...
oOo

CIRCE

Sinto uma ardência
uma dormência
crispa-me o rosto
franze-me o cenho.

Tatu tem tato
rato tem tato
tem tato pato
nem tato tenho.

Mas se ela chama
e me reclama
diz que me ama
eu logo venho!
oOo

POLINEUROPATIA

Perdoa meus arroubos
meu excesso de romantismo
meu deslumbramento de menino
minha sede de amante
meu olhar fixo no teu.

Perdoa se às vezes
pareço te querer
presa em meus braços.

Quero sim te envolver em meu abraço
e sentir que fechas os olhinhos
prazerosa como a siamesa no cio...

Perdoa se não te trago ouro
Incenso e mirra.

É que Gaspar Belchior
e Baltasar zeraram o estoque.

-Taí Alcy Cavalcante de Araújo
Homem do Cais e taí Alcinea Cavalcante

eles que nunca me permitiram
falsear a verdade.

Mas posso te dar uma
floresta de Origamis
um copo de Don Perignon
safra 1912 e uma flor de jade
que roubei do caramanchão
quando Tondo foi buscar
minha quinta ou sexta xícara de café
e mais algumas pupunhas
que eu sempre repetia o mesmo pedido
para ficar alguns minutos sozinho contigo...

Você lembra
Telmitcha?

Era já noite e duas estrelas e meia
testemunharam nossos beijos
e aplaudiam nossas juras
de eterno amor!
oOo

FLOR DE JADE

Em meu coração
desnudo
tatuei inteiro
o poema
de teu corpo
oOo

TATOO

Estou certo de que uma mulher
no fastígio de seus 50 anos
observa a todos os seus similares
com a perpendicular visão
dos seres superiores.

E quando essa mulher
é amada e disso sabe aquele olhar
oblíquo e oblongo tem o extremo
poder da hipnose.

A fragilidade de certas mlheres de cinco décadas
tem a esmagadora forçados pezinhos
de uma indefesa criança.

Você é assim e assim sendo tem a minha
incondicional permissão de me ter a seus pés
e meter o seu aquilino apêndice nasal
nas reentrâncias e recôncavos de meus
masculinos assuntos.
oOo

SUB MISSÃO

O velho coração
orna a doer.

Parece-me gritar
que está cansado
que não suporta mais
atordoado
parece me dizer
que vai morrer...
oOo

JOGANDO A TOALHA

Eu me vejo
como todo
mundo vê.

Jamais aleguei
fosse bonito.

Quem sempre
falou isso foi você.
oOo

ARRAZOANDO

Não sei por que
eu não te esqueço.

Deve ser Porque No fundo
Eu te mereço.

Não sei Por que Tu não
Me esqueces.

Deve ser Porque No fundo
Me mereces.
oOo

RAZÃO E PROPORÇÃO

Eu vou te amar tanto e de tal forma que
o mais oculto de teus desejos absconsos
há de ser manifesto.

Eu vou te beijar com tal gana e de tal modo
que o mais interior do teu corpo de princesa
sentir-se-á beijado.

Eu vou gritar teu nome em altíssono e todo
o campanário de Santa Maria de Belém
do Grão-Pará ecoará em Hi-Fi este meu grito.

Eu vou proclamar o meu amor
por ti e de tal forma tanto tanto tanto tanto
que todos os Brilhos-de-Fogo voarão juntinhos.

Eu nunca te amei tanto quanto vou te amar pra sempre.
Eu vou te abraçar tanto que um bosque
de nenúfares surgirá junto à tua rede.

E finalmente verás mnha rainha
o invisível do tão visível
meu amor por ti.
oOo

LODE D'AMORE PER TE

Quando a vi pela primeira vez
ela usava um vestido estampado.

Tenho cá comigo
os meus pudores.

Sou à moda antiga e adoro vestidos.
Principalmente os estampados.

Agradeceu o buquê de orquídeas matizadas
e retribuiu com um sorriso que virou do avesso
meu já descompassado coração.

Na quinta fomos
ao shopping.

Apaixonou-se por uma bolsa
que me pareceu grande demais
e lá se foram dois mil e quinhentos contos
da viagem que eu faria até os contrafortes
da Serra de Tumucumaque.

Dessa vez o sorriso veio
Acompanhado de um beijo
Escorrendo creme de cupuaçu.

Na sexta fomos
ao cinema.

Os canhões de Navarone
nunca me pareceram tão sem graça.
Já a menina não desgrudava
os olhos acompanhando
todos os lances da batalha
que descreveria depois
para os filhos e netos.

Sábado cedinho ela ligou
Perguntando se poderíamos
ir ao zoo.

Estranhei a pergunta e ela
me disse que adora animais.
Principalmente os felinos.

Dois anos depois
estamos aqui na sacada
tomando chocolate com bolacha
e esperando a passagem
do Cometa de Halley.
oOo

EU E ELA

A noite toda assim
:um guará solitário
uivando para a lua.

E fico inda mais tenso
nas noites em eu penso

:ela dorme
nua.
oOo

SOLIDÃO

Tinha apenas treze13 anos
quando fui acometido
de meu primeiro verso.

Durante muito tempo
me vi prisioneiro
do mister das palavras.

Hoje o verso é um buriti
entalado no esôfago

E as rimas sempre voltam
no ritmo do refluxo.
oOo

CARCINOMA

Há quem tenha a solidão
como o mal do século.

Outros a tem como companheira.
Escudo com o qual
protegem-se de si próprios.

Existe até mesmo m anexim
segundo o qual "antes só do que
mal acompanhado"!

Eu abomino a solidão.
Nos últimos quatro anos
ela me foi imposta Assim como um castigo.

Um flagelo.
Um látego doloroso.
Insuportável.

Sozinho e rodeado de pessoas por todos
os lados. A solidão é uma ilha!

Hoje a solidão me dói menos.
Minha solidão é compartilhada.

A cada vez que amamos alguém
a solidão bem menos dói.
Como se a deste mitigasse
a solidão daquele e vice-versa.

Mulheres que nunca experimentaram
o breu da solidão são péssimas companheiras
para homens solitários na mesma proporção
em que homens solitários aborrecem
as mulheres rodeadas de atenção.

É preciso estar presente a Teoria dos Similares.
Não a dos opostos oue se atraem como se vivessem
sempre em um fenômeno magnético.

Não estou aqui rincando
de amontoar figuras semânticas.

Rasgando travesseiros
ffeito um filósofo entediado.

Não. Minhas palavras Não são
penas lançadas ao vento
da montanha.

Conheço muito bem
o estar sozinho.

Muitas foram as minhas noites de dor
e apreensão pela sorrateira presença
da morte adjacente.

Não desejo a ninguém
e não quero nunca mais

viver esta experiência posto que hoje
não estou mais sozinho.
Tenho alguém com quem divido
o leito e o abraço.

O tempo de chorar passou
como disse outro poeta
em outro poema.

E caso a solidão -loba à espreita
-enseje novamente atormentar-me
o sono durante a comprida madrugada
estendo o braço por sobre o teu corpo
em nosso leito e o teu calor espantará
para bem longe os notívagos fantasmas.

Este versinho é todo feito
de palavras de agradecer.

A Deus por estares a meu lado.
A ti por te fazeres presente Telma Maria
Salomão de Araújo.

Mulher!
Menina!
Flor!
oOo

FLOR DA SÍRIA

Um quadro
a sete cores.

Nosso amor
tem sete mil
sabores.
oOo

POLICROMIA

Te quero unto a mim
pois tenho Esse direito.

Te amo
e sendo assim
Te trago unto
ao peito.

DEGUSTAÇÃO

O menino levado é levado pela mão
da avó mimada que leva pela mão
o menino levado levando a bolsa
e o telefone móvel celular da avó.

A mãe do menino levado pela mão
da avó observa tudo e o creme de cupu
escorreu-lhe entre os dedos.

Grande emoção de mãe!
Puríssima ternura de avó!

Avó mãe e menino bolsa creme e celular
nada escapa aos olhos do poeta
apoiado ao poste que posta prontamente
a cena e a emoção
na rede social.
oOo

JOÃO E VOVÓ

Hoje não consegui almoçar.
É sempre assim.

Divergimos de opinião
e a comida fica insípida a água choca
e as cores do dia parecem desbotadas

As repetições desta narrativa
não são repetições. É o marulhar
das ondas do Ar Mar Zonas
quebrando nas pedras e repetindo a frase
que tantas vezes ouve ao longo dos dias.

Somos niquentos os dois.
Mas nos amamos.

Sabedor disso te peço
:Branquinha
me dá aquele beijo?
oOo

ARREGLO

Houve um tempo em que
brincar de queimada
no recreio do entre-aulas
Era o máximo.

E o tempo Naquela vida Parecia parado.

Agora na Terceira dentição A gente perdeu Parte do sorriso.

A gente Sempre perde.

E a vida esta sim
Continua.
oOo

INTERVALO

A saudade (espátula na mesa)
alardeia um fato urgente
urgentíssimo.

Ela diz
a saudade que é preciso e necessário
sorrir além da pressa e assim que fique
mais leve essa vida que pesa nos ombros.

A gente perdeu parte do sorriso.
A gente sempre perde.

Vai ver o sorriso escorreu
e caiu lá na Feira do Açaí
entre aquele poema do varal
e a Socorrinha do Abaeté
de saudosa memória.

A gente sempre perde
parte do sorriso.

Mormente quando os Jasmins do Cabo
penteiam lembranças aAdormecidas
ou nos ecoa aos ouvidos o tlim-tlim
da Merkswiss Aro 26 Do Capitão-de-Corveta
Raimundo Alonso Pinheiro Rocha.

Vida! Vida! Vida!
Tu me roubas o tempo e o tempo
é o que eu preciso enquanto procuro
No Hall das Academias e nos puteiros
a parte do sorriso que eu perdi.

A gente
sempre perde...
oOo

ANTANHO

Um dia atípico.
Nem mais nem menos.
Apenas atípico.

O rapaz que passa às cinco
e trinta vendendo pão caseiro
hoje dormiu um pouco mais
e passou às nove em ponto
gritando pamonha.

A mocinha de uniforme plissado
escolheu outra rua e ninguém hoje
ouviu seus passos na calçada.

Fernando Canto pontual à beça

não passou hoje perseguindo
a crônica do cotidiano.

Já o Osmar Júnior
este veio.

Passou por aqui agorinha mesmo
rebocando um carrinho de bebê
com um imenso rabecão a bordo.
e uma vontade insana
de cometer Poemas.
oOo

ORDEM DO DIA

Amar. Verbo de
primeira conjugação.

Mas isso quem diz é a gramática
na sua eterna tentativa de organizar
em fila coluna única as figuras semânticas.

Mas no meu caso o amar
é mais embaixo. O amor meu
é mais rasteiro. Mais juntinho
e portanto mais coloquial.

Eu que me entretenho roendo
com os dentes afiados de meu poema
as amarras dos ditames gramaticais.

Mascando e cuspindo de lado
as normas mofentas
da velha escrita.

Que meu amar por ti é
e será sempre assim o meu poema
:Teimoso. Chorão.
Apocalítico. Tsunâmico.
oOo

AMOR REBELDE
-para Telma Salomão.

Eclipse? Quando?
Onde? Como?

Acomodei uma folha de papel
novinha na Olivetti Lettera 82
carreguei com Ektachrome 400 ASA
A MAMYA 645 presente do Dr. Flávio Cavalcante
rezei para Santa Maria da Pedra do Claranã
e tudo o que eu consegui foi este texto insosso
e duas ou três imagens da chuva
de sempre na Belém de todo dia.

Eclipse? Quando?
Onde? Como?
oOo

TUTAMÉIA

Pedro, Acauã, Helouyse.
três guris. formando um
tudo água e alegria
até que pintou um pum.

-Papaizinho foi o Pedro!
-Helouyse entregou.
Acauã ficou de fora.
dessa vez ele escapou.

Acauã, Pedro, Helouyse.
Três guris. Parecem um.
Até hoje se precisa
saber quem soltou o pum.
oOo

TRAQUE

Te trago em mãos a poção
que recolhi das mãos sábias
da mais sábia de
todas as mulheres.

A miraculosa poção
de minha mãe.

Quando as noites eram
mais escuras bebi esta poção
e vi a luz.

Quando os dias pareciam
não ter pressa bebi esta poção
e veio a noite e com a noite
o descanso.

Quero que sorvas da minha mão
em concha a miraculosa poção
de minha mãe.

A fonte é inesgotável.
A porção que coube a mim
eu a guardo em meu peito.

Vaso de alabastro
em meseta de mármore.
oOo

ODÁLIA

Às dez da manhã barulhento pregão
me arranca de debaixo dos lençóis.
São caranguejos no início da engorda
que a proximidade de um maio sem erre
arrebanhou pinças dadas lado a lado
cada corda de dez havia onze.

Animais engraçados. Carregam no costado
a imagem perfeita da fêmea sem mácula
e trazem nos dois olhos autênticos
símbolos fálicos.

Ninguém mais dorme. Os gaiamos gritam
feito a jararaca do veneno e precisamos
eriçar os ouvidos para separar
em sílabas estes gritos.

Acima do peso
Também tenho
os olhos tristes
e a carne
meio amarga.
oOo

PANDEMIA

Ensinar
insinuar
aprender
apreender.

Bispar
bisbilhotar
olhar olhar
olhar ler e rever.

Rever a foto
apreender o fato
reler a foto
já que fato é fato
bispar bisbilhotar
ver e reler.
oOo

PROVA ORAL

A casa da Rua São José canto com a Avenida
Capitão Pedro Baião ainda vive na memória.

Toda vez que a prefeitura elevava a rua
desafiando o Ar Mar Zonas, meu pai
construía outra casa sobre a anterior.

Lembro-me bem desta, dos meus dez doze anos.
A janelinha lá em cima era o quarto de Ivonete
a mais velha das irmãs que durante muito tempo
junto com Ivonilde, me subistituiu mamãe.

O coqueiro emoldurando a Ivonilde
foi plantado por meu pai.
Lembro do Mestre Zaca amarrando
trouxinhas de sal em seu tronco
para adoçar a água de seus cocos.

Eu, o Eurico da Casa Santa Maria
o Jorge Caroço e o Jorge Malcher
éramos gazeteriros e desviávamos
o caminho da Escola Teixeira Gueiros
para a Vacaria do Barbosa.

Roubar mangas
cajus e cutites.

Lembro que doutra feita por aqui passaram
o Capitão-mor Feliciano Coelho de Carvalho
mais os capitães Ayres de Sousa Chichorro
e Pedro Baião de Abreu.

Iam com eles trinta soldados
e duzentos e cinquenta índios tucujus
-todos flecheiros.

A tropa acampou no tubulão
defronte à Casa Gisele e eles faziam
tanta zoada que Maurício Ghamachi
e Mamed Ganem jogaram
umas tantas moedas
para que aplacassem a sede.

Sempre gostei de ter
nascido aqui.

Nem tanto pelo santo que deu azo
ao nascimento do menino Nosso Senhor
e Salvador Jesus Cristo nem quanto
pelo militar que dá nome à rua.

Mas é que de noitinha as saracuras
piam chamando seus companheiros
ao descanso e sopra o terral
avisando Zacarias da urgência
de novas venezianas.

Não quero crescer.
Não quero nunca nunca sair daqui.
Afinal de contas, nasci aqui e a casa
da Rua São José canto com a Avenida
Capitão Pedro Baião ainda vive na memória.
oOo

O ESSENCIAL É BEM VISÍVEL AOS OLHOS

Da ponta da antena dá pra ver as ordens alemãs
que chegam embaladas em papelão suástico
e são prontamente decodificadas e reenviadas
pelo mesmo caminho para outras pessoas.

Não dá para ouvir a Rádio Siáudio
nem se vê a Ponte do Meruoca.

Só mesmo um poeta burro para confundir
a tarde do UNA em Belém do Pará
com a Base Aérea do Amapá.
oOo

ASSUNÇÃO LEMOS

O arco riscado no ar pelo dorso
do machado terminava de chofre
bem no centro da testa do cochito.
Nem um berro.

Os joelhos do porco se dobravam
e lá vem a comprida peixeira
entre a pata esquerda e o pescoço
roteando o coração do suíno.

Circunspectas senhoras lideradas
pela esposa do sêo Bodeco
esperavam em fila na ilharga
do enorme tacho de água fervente.

Nas mãos elas trazem uma faquinha
e uma vareta feita de galho de goiabeira.

São as viradeiras de tripa.
Elas pelam o porco com água quente.
Elas retalham o bicho.
Elas jogam virabrequins
carburadores ventoinhas e jiguilés
cada peça em seu respectivo alguidar.

Elas limpam os intestinos do finadíssimo
cerdal com aquelas varetas e não fica
um tiquinho de bosta de porco
pra contar a história.

Elas não são do bem.
O velho Bodeco secava ao sol
bananas pacovão que distribuía
com todos os moleques
e a festa era grande
depois do mergulho.

Nós os moleques éramos construtores
de jangadas de tronco de aningueira
e cada um na sua jangada
levava consigo um gato e um paraquedas
feito com um lenço do pai ou do irmão
que a surra era a mesma.

Lá do alto dos aturiás soltávamos no ar
nossos paraquedistas
quue miavam de alegria
e nós vibrávamos
e a maré era lançante.

Inocente brincadeira.
Todos sabem que
s felinos têm sete vidas
e não morrem à toa...
oOo

MATADOURO DO REMANSO

E é assim
que aqui e agora
acaba o poema
mas nao
a vida

que esta segue
e vem sempre
trazendo consigo
o eterno poema
do ser.
oOo

ETERNIDADE

Quando caiu a ficha era tarde.
Era muito tarde. A imensa canguçu
exibia para mim suas enormes presas.
Confesso nunca ter sentido
tanto medo.

As pernas pesavam toneladas
de covardia. Os pés literalmente
pregados ao solo.

Cravados no guarda-mão da espingarda
meus dedos pareciam as garras aduncas
do Urubu-Rei.

Os colegas bem que me alertaram
do perigo de ir até o igarapé
naquele horário.

Na selva amazônica a tardinha
é conhecida como a hora
da onça beber água.

Mas a vontade de comer carne
de caça era maior que o medo
e a prudência aos dezenove
anos não existe.

O Henricão disse que se eu
queria mesmo ir
que fosse.
Mas levasse a doze de dois canos
pelo menos três cartuchos
e um dos cachorros.

Dispensei os cães do meu colega
de farda e me embrenhei
nas matas do Lourenço levando
apenas o Smith Wesson
tresoitão e a velha lazarina
que pertencera a meu pai.

E agora ali estava eu segurando
a espingarda descarregada encarando
uma canguçu de cento e vinte quilos
que estalava as orelhas arreganhando
os dentões enquanto decidia entre eu
e o filhotão de veado atirado
no quarto traseiro.

Minha embiara farejou
a pantera e isso foi
a sua perdição.

O formidável felino caminhou lentamente
até sumir por detrás de um morrinho
coberto por mata-pasto e ressurgiu
triunfante trazendo preso
entre os dentes o veadinho morto.

Nessa noite mais uma vez
eu ouviria o Musi-Wolks
comendo sardinha em lata
com farinha e café.
oOo

EU E DONA ONÇA

Que o Senhor nos proteja
nestes poucos minutos que
nos restam no Planeta Solo.

Que nossos passos acordem
as esperanças adormecidas
das tantas tardes que passamos
juntos e squecemos
de acordar.

Que nossas palavras soem alto
ribombando acima dos trovões
e ricocheteando na má
vontade dos homens.

Que nossos confinantes ouçam
nossa voz e compreendam
de uma vez e por todas qeeo que
só pretendemos que eles
também se façam
ouvir.

ALOCUÇÃO

Meu poema
É um tiro seguro.
Um tiro no escuro
Estampido fatal.

Cuidado
Com o poema
Que este verso mata.
No mínimo maltrata
Em seu ponto final.
oOo

FAR WEST

Era o comecinho do verão
E o Saco do Bode
Lago fronteiriço
Ao nosso quintal estava
Começando a esturricar.

O cuidado maior era
Com as locas formadas
Pelas pegadas dos búfalos
Antes da lama endurecer.

O gado branco
E os cavalos
Sempre quebravam
as patas nestes buracos.

Também era comum
Alguém desavisado

Ser picado por uma cascavel
Que fazia ali a sua toca.

Por isso o olhar
Redobrado e a pouca pressa.

Mestre Zaca avisava a cada saída
Que era preciso olhar onde piso
E atentar para o farfalhar das folhas
Da vegetação rasteira.

Jim das Selvas lá ia eu
Em busca da satisfação
De minha curiosidade
Adolescente.

Quando as folhas de salsa-braba
Tremeram a sararaca voou
Cravando suas farpas
No lombo da cobra.

Uma sucuriju
De tamanho avantajado
Que afundou no igapó
Arrastando consigo
A zagaia a corda e eu
Preso pelo braço
À corda na zagaia.

Salvou-me a lembrança
Do canivete Corneta
No cós do calção.
oOo

ARRASTÃO DA SUCURI

O Boeing 747
Pousou suave
No aeroporto
De Val-de-Cães.

Orientados pela aeromoça
Os passageiros catavam
Seus pertences e caminhavam
Coluna por um
Rumo às portas lateral e dianteira.

Em Macapá eu já
Dominara setenta per cento
De meu pavor das alturas
Absorvendo generosos copos
De Vodca e Fanta Laranja
No balcão do Lennon Bar.

Os demais trinta per cento
Eu afogaria
No cantil a tiracolo.

Decidi como sempre
Ir pela contramão e parti
Resoluto e sozinho
Para a porta traseira
Da aeronave.

Quando o Comissário de Bordo
Gritou eu já dera meio passo
Para o lado de fora.

João Paulo II estivera
Dias antes em Belém
E por muito tempo
Meus amigos paraenses
Chamaram-me Papa.

É que eu
Como o Sumo-Pontífice
Beijei o solo
Da capital das mangueiras.
oOo

VÔO LIVRE

A professora Acinê Garcia Lopes
De Souza dirigia o Instituto de Educação
E já avisara José de Sena Bastos
Que não mais passasse a mão
Em minha cabeça.

Bom mesmo era tirar nota máxima
Nas aulas de Educação Moral e Cívica
Já que a Mestra Eudóxia
Ferreira Teles
Batia palmas ao ouvir
As rimas de Brasil com Varonil
Dos catorze anos
De meus versos.

A Professora Dinete Diniz Botelho
Bem que tentava
Mas eu era péssimo nesse negócio

De pintar flores de plástico
E montar rechonchudas bochechas
Em bonecas de Papier Mâché.

Um dia fiz toda a prova
De História do Brasil
Em decassílabos.

Valeu nota cem que não
Se dizia dez na época
E ainda hoje
O Plácido Portal de Souza
Fala sobre isso
Quando nos encontramos
No dia de votar e voltar
Para casa.
oOo

VOLTA ÀS AULAS

Alguém poderia me dizer falar
Assim como quem não quer nada
Se é comum corriqueiro
E absolutamente normal
A gente se trancar no banheiro
E chorar chorar chorar chorar
Até se confundir confuso
E nem saber se o hoje é só amanhã
Ou se o ontem está por vir?

Algum amigo da periferia
Esclareça por favor
:A cura é o fim da doença
Ou o estar bem é apenas
O prelúdio de um mal
Súbito e fatal?
oOo

REINCIDIVA

Não tenho
O teu glamour
Sou pobre.

Não tenho
O teu cantar
Sou mudo.

Não tenho
O teu pesar
Sou terno.

Não tenho
O teu nadar
Sou tudo!
oOo

ÓPIO

Hoje no café da manhã eu finalmente
Aprendi que é preciso o uso de hercúlea
Força cerebrina para saber de fato
O diferencial entre o apontar da vida
E a fila do adeus.

À tardinha entre o suco de acerola
E o bolo de cacau antes da janta
Repensarei cada minuto destas horas.

Depois meu sono entrecortado
Zombará da indubitabilidade
Asseverade e convicta
Do meu dia-a-dia.
oOo

ASSERÇÃO

Muito proveitosa aquela conversa
Com o Inspetor Araguarino
Lá em cima do Farol do Forte.

No Ano da Graça de
Hum mil novecentos
E setenta e cinco
Eu era apenas um recruta
Imberbe e sequioso
Pelos novos conheceres.

Treze de setembro
Era um dia puxado
Para nós guardiões da Pátria.

Por isso mesmo estava ali
Mãos cruzadas abaixo da
Linha da cintura absorvendo
As bagas de sabedoria
Que jorravam torrentes
Da voz de comando
Daquele mais velho.

-A vida meu corneteiro
É assim feito uma estrela
De cinco pontas.
No disparo da vida
Você nunca antecipa
O azimute.

Sabe quando na maré rasa
Você pisa numa arraia
E ela escorrega debaixo
De seus pés e some
No primeiro tufo de junco?
Assim faz a vida.

E foi mesmo sorte sua
Meu filho
Que lhe escapou do ferrão!
oOo

ORDEM DO DIA

Já não diviso
A Ilha do Vieira
Do outro lado do rio.

Mesmo que mais
Ainda aguce os ouvidos
Já não ouço a iraúna
De meu vizinho da esquerda.

Minha velha Göricke aposentou-se
Ao longo da parede da sala
E a bola Pelé já não quica nos postes.

O vaivém da vida preteriu-me.
O horizonte é o espelho da cama.

As junções perras
O olhar nubiloso
A boca tísica
O corpo vindo a ser
Aquilo que já foi
:Um boneco
De barro.
oOo

SESSENTA E UM

Oh vida piçarreira!
Você se vê sozinho.
Abandonado ao longo
Do caminho!

Mas é tudo besteira.
Sempre haverá
A sombra da mangueira
E a fidelidade de um
Cachorrinho!
oOo

TOTÓ

Hoje é domingo. Domini Dei.
Diz o pessoal do Inmetro
Que este é o primeiro dia da semana.
Digo eu que hoje tudo é empurrado
Com a barriga.

Hoje é quando a mulher
Corta bucho jabá e mocotó
Mode engrossar
O improviso da feijoada
E o homem assopra
No braseiro da área de serviço
Mode queimar a bisteca.

Viva o Dia do Senhor
Quando a comida
Tem gosto
De domingo!
oOo

CONVESCOTE

Lembro que te vi
E achei estranho
Na Sapataria Carrapatoso
Uma Mulher adulta
Calçando 33.

Minha boca estava
Cheia de cravinhos
Da Índia e perguntavas algo
Sobre Cromo Alemão
E sapa tênis.

Afora a comissão
Sobre o preço
Eu queria mesmo
Te despachar logo
E correr para
A Orla ao encontro
De Dionísio..

Mas eras
Como eras
Eras como és
E eras tão bonita!!!
oOo

CAMINHADA

Vou contigo!
Sairemos por aí
Espargindo alegria.
Levo trincha e cal
E a cor azul-turquesa

Vou contigo!
Vamos colher dálias
Rosas margaridas
Na velha praça
Onde dividíamos
Algodão-doce
No arraial do padroeiro
Quando perdemos
O medo de pecar.
oOo

ENCONTRO MARCADO
-Relendo Alcinéa Cavalcante

A gente pode ir para qualquer
lugar do universo enquanto pensa.

Posso amarrar as rédeas de meu
puro-sangue árabe nos anéis de saturno
ou escapar dos Piratas do Caribe
envergando a mezena da carangueja
do mastro de ré do meu iate de 18 metros.

Enquanto penso encontro
em meu quintal uma gema
que faz o Espírito De Grisogno
parecer agulha de vitrola.

Enquanto penso bebo uísque escocês
om limão da Sardenha mel de Japuto
e gelo do Himalaia.

Enquanto penso levo nos ouvidos
o assobio dos quatro ventos do mundo
assobiando em meus auriculares
enquanto pensando voo
e penso em ti.
oOo

VAGAMUNDO

Procuro uma resposta.
O assunto me comove.

-Se souber
Te respondo.

-Por que é
Que todo dia
Às quinze e trinta
No Largo do Redondo
Fatalmente chove?
oOo

PAPO DE GARÇA E URUBU

Olhando
Esta imagem
Que parece tua
Sei que
Na verdade
Perdi a
Vontade
De mijar
Na rua!
oOo

JOINVILLE

O som mavioso dos encantos
De Belém desperta saudades
E paixão.

Quem isso diz é o meu amigo
Poeta Marven Junius Franklin
Que além do mister de
Rabiscar versos também
Pratica a alquimia e a
Prestidigitação nas vagas horas.

Ainda a pouco ouvi papouco do calibre 38
Rasgando o rosto daquela mulher que conduzia
A menina pela mão.

Ainda vi a vida fugir
Das pernas trêmulas
E ouvi choro
Desmamado
Da criança.

Aqui temos sons terríveis
Do trânsito e dos homens
Que também podem ser
Ouvidos em outras paragens
Mas que só aqui só aqui e aqui

Somente assumem as cores
De Belém.

Aqui o ranger dos freios faz
Contraponto ao baque surdo
Do paletó roto e cinza no asfalto
E o grito rouco é o som
Da faca de ponta desvirginando
Os músculos e a pele.

Aqui a pernamanca tem pregos na ponta
E a cabeça do madrugador é avinhada de sangue.

Mas em que outro lugar deste
Planeta enlouquecido de dor
Você pode ouvir ao mesmo tempo
Os sons do brega e do chique
Do merengue e da mazurca
Do mangue e do prêt-à-porter
Do cimbalom e do currimbó?

Em que outro porto o pitiú
É tão cheiroso?
oOo

CONTRAPONTO E FUGA

Sou um poeta
Solitário e triste.
Um vate macambuzio
Um menestrel repleno
De dor e de amargura.

No meu jardim
As flores já não cantam
E os pintassilgos
De celofane multicor
Olvidaram-me o florir.

Mas meu derradeiro poema
Ainda traz em si
A majestade sublime
Das pedras.
oOo

NOTURNO

Mãos de poeta.
Tenho mãos
de poeta macias
e sedosas
feito bunda
de recém-nascido.

Mãos de fêmea.
Tenho mãos de fêmea.
Mãos afeitas
ao tálamo e ao rastelo.
Ao corpo da parceira
e à cara dos machos.

Tenho mãos
transgêneras.
Enche o meu saco
e te parto o focinho!
oOo

SABOEIRA

À noite quando chulas e botos
em conclave se reúnem horizontais estrelas
de tungstênio cadente deslizam nos guajarás
e solimões de norte a sul daqui.

Cada estrela sindicalizada é
e tem seu número de chassi
e suas lâmpadas de bombordo
e estibordo. Aqui as pedras amam
falam osculoseimam e o humano ser
semovente expecta.

Aqui tudo é visto. Decidido de tal forma
seriamente lúdica já que trinta e seis
metros cúbicos de angelim rajado
ucuúba sucuúba sucupira pau mulato
e acoaricoara levam a quantidade de toras
meticulosamente mensuradas
de acordo com o calado
da estrela transportadora.

Bem que os ventos maral e terral
intentam metropolitanas notícias.

Mas os moucos auriculares da samaumeira
só recebem o bater da Sapopemba
e o canto jopliniano de Madame Canguçu.

Meninos! Eu vi! Num culhonésimo
de segundo a caboclinha tirou o calção
de zuarte da regada e antes que dissesses
três vezes a palavra repiquete
ela já deslizava de ponta-cabeça paxiúba abaixo
trazendo presos na dentária de pau
três cachos de açaí chumbinho
selecionados e amolecidos
n'águaquecida pelo velho mergulhão.

E se não vi o resto da novela
é que a sirene aluminadora barcarenou
todos os versos por sobre as águas
barrentas de ar mar zonas
e quentes de eco à dor
de meu retorno
ao mar-abaixo natal.
oOo

FANAL AÇUCENA

Não julguem
pela imagem.

Eu pouco
ou nada vi
já que nem
moro aqui.

Estou só
de passagem!
oOo

TURISTA ACIDENTAL

Eu falo
do que li.
Repito ponto
a ponto.

Propalo o
que ouvi.
O resto nem
te conto!
oOo

CONFERÊNCIA

Pessoas há que teimam em não ver no ato da escrita
a implícita e lícita ocupação do escrevente.

Ouvem e até apreciam a melodia
mas acreditam que as mãos
que arrancam do bojo do violão
dissonâncias e acordes sejam mãos vadias.
desocupadas. Mãos sem os papéis necessários
a alimentar a sanha imbecil dos burocratas.

Conheço várias pessoas assim. Capazes de declamar
de cor e salteado longos poemas de Camões
a Bocage de Fernando Pessoa a Cora Coralina
porém cegos aos Isnard's adjacentes.

Gente que assobia Bolero de Ravel
e até resmunga Edith Piaff
mas não sabe Quando Voltam Os Guarás
nem estava lá Quando A Noite Vinha

Coitados...O galo canta e eles
nem sabem o que é um galo...
oOo

ANALPHAS

Eloah é uma palavra de origem hebraica
e significa Deus. O gênero feminino
se escreve ao contrário. Haole.

Eloah é minha filha.
Esta boneca de carne
toda hora arrancando de meus olhos
lágrimas sentidas de dor e de saudade.

Eloah dos céus me diz que se o choro durar
a noite inteira a alegria virá pela manhã.
Eloah da terra me diz que não chore
pois se estamos separados pelo desamor dos homens
existem liames ainda mais fortes a nos atar
e que todos os pais serão sempre
para seus filhos na mesma proporção em que
todos os filhos terão sempre seus pais.
oOo

ALENTO

Cercado de fonemas e letras
É o poeta uma ilha
De palavras.
Vivendo em um mundo de
Fantasia que é só dele
O poeta alimenta-se
De palavras
E a elas alimenta
Com suas letras e fonemas.

Isso tudo forma
O intrincado Teorema da Poesia
Decifrado todo santo dia
Momentos antes do poeta
Ser devorado.

As letras
-Trapalhões saltimbancos
-Rodopiam dançantes
Em derredor do poeta
Grudando em sua testa
Gotejando dali
Para o papel.

Senhor das palavras
O poeta é em verdade escravo.
Escravo
Do
Poema!
oOo

SENZALA

Imagem
Após imagem
Está quase
Terminando
Este meu
Curta
Metragem.
oOo

VIDA

Já bebi tanto que os canhões
Da Fortaleza de São José de
Minha Macapá estrugiam
Uníssonos no Teatro
Margarida Schiwazzappa.

A meu lado Waldemar Henrique
Maltratando um velho pandeiro
Do arquiduque Nilson Montoril
Acompanhava o Tango pra Tereza
Assobiado torto pelo
Alfaiate Vadoca.

Já tomei tantas que o Bar do Abreu
Fazia contraponto ao Palácio dos Bares
Ali bem pertinho do Cantagalo.

Acreditem
Senhores e senhoras deste
Brasil Varonil! Bebi tanto
E tantas vezes
Que finalmente esqueci
Como se bebe!

Hoje me vejo remido.
Redimido de meus
Frascos e licores
Pipas e tulipas
Torres barriletes
Garrafas e vasos!
oOo

ABSTÊMIO

Um dia manhãzinha a novidade
estava lá feito uma estampa nova
na colcha de meus dias.

Algum espírito de porco-espinho
furtara-lhe o olho esquerdo
a pedradas e a asa direita pendia inútil
ao longo do corpo.

Repetia baixinho: Laura... Laura...
e eu a chamei assim
e dei-lhe afeto e pão carinho e água
em abundância.

Durante quatro anos ela esteve lá
Tripetindo sempre o nome Laura!
Laura! Laura! Nunca aprendeu
nenhuma outra. Apenas a palavra
com a qual alguém lhe nominara.

Certa manhã minha amiga alçou voo.
E antes que sumisse de todo ouvi dos ares
A conhecida frase de Friedrich Nietzsche

:O homem é um animal
Entre o homem e o além do homem
Uma corda atada sobre o abismo.
oOo

A ARARA LAURA